# Neuilly

# charitable

## PETIT MANUEL DES ŒUVRES PAROISSIALES

## DE LA VILLE DE NEUILLY

PARIS

LIBRAIRIE BLOUD ET Cie

4, RUE MADAME ET RUE DE RENNES, 59

1905

# Neuilly
# charitable

PETIT MANUEL DES ŒUVRES PAROISSIALES

DE LA VILLE DE NEUILLY

PARIS

LIBRAIRIE BLOUD ET Cⁱᵉ

4, RUE MADAME ET RUE DE RENNES, 59

1905

# A Monsieur l'abbé BOURGEAT

## CURÉ DE NEUILLY

L'idée première du travail que j'ai l'honneur de vous offrir m'a été suggérée par un prône où vous vous plaigniez avec raison du petit nombre de vos paroissiens s'occupant des œuvres de charité. Intimement persuadé que le principal motif de cette abstention était l'ignorance de ce qui existe, je me suis mis à l'œuvre pour le faire connaître. Aidé des conseils de Mme la Supérieure des Sœurs de la Charité et des renseignements qu'elle a bien voulu me communiquer, ainsi que quelques personnes notables et des amis ; heureux d'avoir été au-devant de votre désir de voir composer cette publication et fort de l'approbation si bienveillante que vous lui avez accordée, je viens vous demander la permission de vous dédier

## NEUILLY CHARITABLE
### Petit Manuel des Œuvres paroissiales de la Ville de Neuilly.

Les Œuvres qu'il énumère ne sont pas le produit d'un seul jour. Vos vénérables prédécesseurs, qu'il m'a été donné de connaître et que vous continuez si dignement, en ont été les promoteurs. Plus heureux que la plupart des communes nos voisines, il ne nous reste qu'à les compléter et les perfectionner. J'ose espérer qu'avec l'aide de la Providence ce petit volume pourra contribuer au recrutement de membres nouveaux et à l'accroissement des ressources mises à la disposition des Sociétés de Neuilly.

Un de vos paroissiens respectueux et dévoué.

Dr A. LEGRAND, père.

# AVANT-PROPOS

De toutes les communes qui forment la brillante ceinture de la ville de Paris, celle de Neuilly est très certainement une des plus importantes et d'un plus agréable séjour, en même temps que par ses souvenirs elle provoque l'attention de ceux qu'intéresse l'histoire de notre pays. Saint-Denis peut se glorifier à bon droit de son antique cathédrale, sépulture de nos rois. Vincennes peut présenter son château fort et son bois, prétoire du plus populaire d'entre eux. Saint-Cloud, son château royal et son parc, détruits par les Allemands pendant la dernière guerre. Neuilly peut lutter avec avantage par le souvenir de l'abbaye de Longchamp, dont la sœur de saint Louis fut abbesse ; par les restes du château de Madrid, œuvre de François Ier, par celui de Bagatelle. Que dire du château de Neuilly et de son parc, ancien séjour des princes de la maison de Bourbon, reconstitué par le roi Louis-Philippe qui en fit la demeure de prédilection de sa famille et si malheureusement brûlé en 1848 par un peuple en délire.

Ce qui frappe tout d'abord le visiteur de Neuilly, c'est sa situation à la suite des Champs-Elysées, la plus belle sortie de Paris et peut-être de l'Europe ; la largeur de son avenue principale, que termine, sur la Seine, un pont magnifique, chef-d'œuvre de Perronet ; le bon état de viabilité de ses rues ; le charme de ses promenades, au Bois de Boulogne et au Jardin d'Acclimatation. Faut-il s'étonner, après cela, que Neuilly servait autrefois de campagne aux Parisiens et qu'il tend aujourd'hui à devenir le séjour des familles riches et la retraite de ceux plus modestes qui viennent, après le travail, loin du tumulte des affaires, mais à leur porte, grâce au Métropolitain dont les branches les mettent à quelques minutes de tous les quartiers de Paris, y chercher un repos bien gagné. A ceux qui toute leur vie ont mis en pratique les doctrines de la religion catholique, comme à ceux qui par un juste retour sur eux-mêmes se rappellent l'enseignement chrétien qui dirigea leur enfance, se présente cette parole du divin Maître : *Quel est le plus grand commandement de la loi ?* et sa réponse : *Vous aimerez le Seigneur votre Dieu par-dessus toute chose et votre prochain comme vous-même.* C'est à la demande : *Qui est notre prochain ?* que le présent opuscule a pour objet de répondre. Faire connaître toutes les œuvres créées dans notre ville par la charité, principalement la CHARITÉ CATHOLIQUE, faire naître dans l'esprit de nos lecteurs le désir d'y prendre leur part ; leur permettre de faire un choix en rapport avec leur goût et leurs préférences ; augmenter par suite le nombre des ouvriers de la divine moisson, tel est notre but. Notre œuvre s'adresse encore à ces âmes cruellement frappées par la perte d'un époux adoré, d'une compagne tendrement aimée, d'un enfant chéri. La satisfaction légitime que leur apportera le succès de cet apostolat, s'ils veulent bien s'y livrer, sera, qu'ils en soient persuadés, le meilleur baume qu'ils puissent appliquer sur leur douleur. Enfin les victimes d'un revers de fortune, au lieu de se laisser aller au découragement et à ses suites funestes, se rappelant cette parole de l'Evangile : « *Cherchez d'abord le royaume de Dieu et la justice et tout le reste vous sera donné par surcroît,* » pourront, s'il plaît à Dieu, y trouver un motif de réparation, tout au moins de consolation et d'espérance.

Si notre but principal est de faire connaître toutes les œuvres de la charité catholique, nous croyons nécessaire de fournir aux amis des pauvres les moyens de mettre à profit les institutions qu'à notre époque, malgré ses aberrations, la charité officielle a pu fonder ou développer, qu'elles soient inspirées par la philanthropie ou la solidarité. C'est à ce titre que nous ferons connaître ce qui concerne le Bureau de Bienfaisance, la Société de Secours Mutuels et la Maison des Vieillards. Cette connaissance leur permettra de faire profiter les pauvres des ressources importantes fournies par le budget des communes. Mais l'homme ne vit pas seulement de pain, et sans empiéter sur l'enseignement de nos pasteurs, nous nous efforcerons de signaler à nos confrères les œuvres destinées à ranimer les sentiments chrétiens, les développer et à perfectionner l'instruction des enfants, des serviteurs, des ouvriers, de tous ceux enfin que la Providence a placés près de nous, ou sous notre patronage. C'est encore de la charité et de la bonne, parce qu'elle s'adresse à leur âme. Notre travail intéresse encore toutes les personnes charitables, à qui leurs occupations journalières ou leur état de santé ne permettent pas de prendre place dans nos rangs ; mais sachant comment elles peuvent faire le bien, nous réserverons les ressources que trop souvent une *mendicité paresseuse* obtient de leur charité.

En faisant l'exposé des œuvres et pour ne pas allonger outre mesure l'étendue de cet opuscule, nous supprimerons à dessein leur historique et l'énoncé des résultats qu'elles obtiennent. Ces détails se trouvent dans les rapports annuels qu'elles mettent sous les yeux de leurs membres.

Procédons maintenant avec méthode à l'énumération de toutes les œuvres de notre ville. Nous traiterons successivement de celles qui concernent l'enfance ; la jeunesse ; l'âge adulte ; la vieillesse ; en les faisant précéder d'une notice sur la maison de Charité et le Bureau de Bienfaisance qui en sont les points de départ.

# LES ŒUVRES CHARITABLES

DE LA

# VILLE DE NEUILLY

En tête de toutes les œuvres charitables catholiques de la Ville de Neuilly se place la

## Maison de Charité.

de la rue des Poissonniers, n° 11. Cette maison, qu'habite la communauté des Sœurs de Saint-Vincent de Paul; est, si je puis m'exprimer ainsi, le *quartier général de la Charité*, dans notre ville. C'est là, en effet, que la plupart des Œuvres ont pris naissance ; qu'elles ont leur siège ou tiennent leurs réunions. C'est un don de la pieuse reine Marie-Amélie, alors simple duchesse d'Orléans, en 1828, pour la visite des malades à domicile et la distribution des médicaments. Un décret impérial du 31 mai 1856 a reconnu comme établissement d'utilité publique cette fondation de la charitable donatrice.

\*
\* \*

Deux grandes associations viennent apporter leur concours à cet établissement : celle des Dames de Charité, que leur cœur maternel prédispose si naturellement à secourir les enfants et les pauvres, et la Société de Saint-Vincent de Paul.

\* \*

**L'Association des Dames de Charité** s'occupe de l'assistance des pauvres et de la visite des malades. Elle apporte son concours au Comité des Écoles chrétiennes en lui fournissant des Dames quêteuses. On trouvera plus loin le détail des œuvres auxquelles se livrent ses membres. A sa tête se trouve un Comité composé de M. le Curé, président-directeur, de Mme Lecaron, présidente d'honneur, de Mme Arrault, présidente, de Mme Bellan, secrétaire, et de la Sœur Supérieure comme trésorière. Elle comprend des Dames visiteuses et des Dames honoraires. Les réunions ont lieu les premiers mardis de chaque mois, sous la présidence de M. le Curé.

La connexion intime qui existe entre les

œuvres catholiques et le Bureau de Bienfaisance nous engage à placer ici tout ce qui concerne ce dernier, dont la connaissance peut être utile à ceux qui pratiquent la charité.

## Bureau de Bienfaisance.

Le Bureau s'occupe de deux œuvres principales, la distribution des secours aux familles pauvres et les soins à donner aux malades et incidemment de quelques œuvres spéciales.

La distribution des secours est faite, deux fois par mois, au moyen de bons de pain, de viande, quelquefois d'argent, et pendant l'hiver, de charbon.

Les soins à donner aux malades le sont par deux médecins de la ville désignés à cet effet, MM. les Docteurs Catuffe et Henri. Chacun d'eux donne à la mairie une consultation par semaine aux personnes qui se présentent. Si un malade est retenu au lit, visite lui est faite par le médecin désigné pour son quartier, sur avis transmis par la mairie.

Les médicaments prescrits sont fournis gratuitement sur ordonnance par un pharmacien au choix du malade.

\*
\* \*

Lorsque le malade n'est pas inscrit sur la liste des familles assistées par le Bureau, sur une demande faite à la mairie, la visite du médecin et les médicaments lui sont accordés, et au besoin les bons de pain et de viande jugés utiles à sa famille pendant la maladie. Si le malade, pour un motif approuvé par le médecin, ne peut recevoir à son domicile les soins nécessaires, une voiture des ambulances urbaines le transporte à l'hôpital Beaujon et remplace avec avantage l'antique brancard.

Les vaccinations gratuites sont faites à des époques portées par des affiches à la connaissance des intéressés.

Des vêtements et des chaussures sont distribués aux familles à certaines époques de l'année. Enfin le Bureau, soit sur les fonds du legs Beffroy, soit sur ses propres ressources, accorde aux familles diverses sommes destinées à payer chaque trimestre une partie au moins du loyer.

\*
\* \*

Comme on le voit, le but des Dames de Charité est le même que celui du Bureau de

Bienfaisance, mais l'esprit qui les dirige est tout autre. Tel est pareillement le rôle de la Société de Saint-Vincent de Paul. Fondée à Paris, il y a plus d'un demi-siècle, par une réunion de jeunes gens chrétiens, grâce aux bénédictions du Ciel, elle couvre, aujourd'hui, de ses rameaux, presque toute la France et a trouvé des imitateurs dans beaucoup de pays étrangers. La branche de Neuilly existait déjà sous le vénérable abbé Deleau, ancien curé de Neuilly, mais son organisation actuelle est postérieure à la guerre de 1870. Ces deux associations, celle des Dames de Charité et la Société de Saint-Vincent de Paul ont su recruter des membres et trouver les moyens de faire le bien. Elles n'ont pas la prétention de remplacer le Bureau de Bienfaisance qui dispose de ressources plus importantes, fournies également par la charité, mais complétées par le budget communal. Nos deux Sociétés ne cherchent pas seulement à assister leurs protégés au temporel, leur but est plus noble et vise la vie chrétienne et l'éducation de leurs enfants. L'assistance matérielle n'est pour elles qu'un moyen d'y arriver et non de leur faire des rentes.

Mais les Dames de Charité s'occupent plus particulièrement de l'enfance et des malades. La Société de Saint-Vincent de Paul s'adresse plutôt à la famille. A ce titre nous renvoyons l'exposé de ce qui la concerne au chapitre des *Œuvres des adultes*.

## Œuvres de l'Enfance.

La jeune femme à qui est réservé prochainement le bonheur de devenir mère, fréquemment n'a pas à sa disposition les moyens d'envelopper son enfant et de le coucher. Elle trouvera auprès des Dames et des Sœurs, à la Maison de Charité, **la layette et le berceau** qui abriteront son nouveau-né, et pendant la semaine qui suivra son accouchement, elle recevra la visite des Dames de Charité et les secours en bons de pain et de viande qu'elles jugeront nécessaires et ce pendant la première semaine, où les règlements de leur ordre ne permettent pas aux Sœurs de visiter les femmes en couches.

*Nota.* — Les femmes qui s'adressent au Bureau de bienfaisance obtiennent le plus souvent l'assistance gratuite d'une sage-femme et des secours alimentaires.

## Crèche.

La mère de famille n'est pas toujours en état de nourrir son enfant, par suite de la faiblesse de sa constitution, d'une maladie, des soins à donner à une famille trop nombreuse ; d'autres fois, l'insuffisance des gains de l'époux, la nécessité de travailler elle-même pour accroître les ressources de la maison, ne permettent pas de placer l'enfant en nourrice ; la Crèche reçoit alors les enfants nouveau-nés dans une maison vaste et salubre, située au n° 24 de la rue des Poissonniers, dirigée par une Sœur de Saint-Vincent de Paul, assistée de femmes choisies et dévouées. Les enfants sont admis dès 6 heures du matin en été et 7 heures en hiver, et sont gardés jusqu'à l'heure où leur mère quitte son travail. Celle-ci est-elle nourrice, peut venir lui donner à téter. Certains chefs de fabrique permettent à leurs ouvrières de s'absenter plusieurs fois dans la journée pour visiter leurs enfants. Nous les félicitons de cet acte de bienfaisance. L'enfant est conservé à la Crèche jusqu'à l'âge de trois ans. L'administration de la Crèche est sous la surveillance des Dames de Charité, et sous la présidence de

Mme Bertereau que des souvenirs de famille déjà anciens désignaient pour remplacer la regrettée Mme Bréham.

## Asile Sainte-Cécile.

Fondée par M. et Mme Lecaron, rue des Poissonniers, n° 23, il était destiné à recevoir les enfants des deux sexes, à partir de l'âge de deux ans.

Il se composait de deux classes où les enfants apprenaient à lire, à chanter et à écrire, sous la direction de Sœurs, et d'un préau vaste et bien aéré, où ils prenaient leurs récréations. Un petit dortoir recevait, durant leur sommeil, les enfants qui n'avaient pas encore perdu cette habitude pendant la journée.

La maison a été, hélas ! une des premières victimes de la persécution religieuse et fermée, nous l'espérons, pour un temps seulement.

Depuis cette fermeture, les petites filles qui la fréquentaient, seules ont été admises à l'école des Sœurs, où elles forment une classe enfantine dès l'âge de quatre ans. Pareille classe a été formée pour les garçons à l'école des Frères ; mais ils ne peuvent y être admis qu'à partir de l'âge de six ans.

## Ecoles Chrétiennes.

Le renvoi des Frères et des Sœurs des Ecoles municipales, il y a une vingtaine d'années, ce qu'on a appelé la laïcisation des écoles, a rendu nécessaire la création d'établissements où l'enseignement religieux (prières et catéchisme) marche de pair avec l'enseignement primaire.

Trois écoles ont été fondées et subsistent depuis l'année 1879 ; celle des Frères, sur l'avenue du Roule, n° 121 ; celle des Sœurs, rue des Poissonniers, à la Maison de Charité ; la troisième, rue Parmentier, n° 5, dans les dépendances de la pension des Dames Augustines anglaises. Mais cette dernière a été transportée en 1891, avenue du Roule, n° 17, près la porte des Ternes, pour les petites filles du quartier de Sablonville. Beaucoup d'enfants habitant dans le voisinage, la commune de Levallois ou le quartier des Ternes, ont sollicité leur admission qu'on a dû refuser dans ces derniers temps ; mais la création par la commune, dans le bâtiment de la justice de

2

paix, d'un asile que fréquentent les plus jeunes a amené la suppression de cette école dont les sujets ont été versés dans celle de la rue des Poissonniers.

Ces écoles ont obtenu les plus grands succès dans les divers concours avec celles de Paris et de la banlieue. Les comptes rendus annuels font connaître ceux qu'elles ont remportés.

\*
\* \*

L'administration des Ecoles chrétiennes, est dirigée par un **comité** de personnes notables catholiques, sous la présidence de M. le Curé. A la rentrée d'octobre 1903, on comptait environ 400 enfants à l'école des garçons, et pareil nombre à celle des filles. Celle de la porte des Ternes en comptait environ 200. Nous ferons connaître plus loin les sources qui fournissent les fonds nécessaires à l'entretien de ces écoles.

## Répétition du Catéchisme.

Les enfants qui fréquentent les Ecoles Chrétiennes trouvent auprès de leurs maîtres l'enseignement religieux complémentaire du

Catéchisme ; mais ceux qui suivent les écoles municipales, sous prétexte de neutralité scolaire, seraient privés de cet avantage si plusieurs dames et demoiselles ne réunissaient auprès d'elles chacune quelques enfants, filles ou garçons, auxquels elles enseignent les prières et font réciter le catéchisme, en leur donnant les explications que cet enseignement comporte.

Les vicaires chargés du catéchisme trouvent en elles de précieux auxiliaires. Ces leçons sont données en dehors des heures de classe, pendant les deux années. La préparation de ces enfants à la première communion, grâce à ce concours, est donc des plus satisfaisante.

\*
\* \*

**Habillement des Enfants.** — Ne quittons pas le chapitre de la première communion sans faire connaître deux œuvres qui s'y rapportent.

Dans beaucoup de familles, la pauvreté ne permettrait pas d'habiller les enfants d'une façon aussi convenable que le réclame ce grand acte. Les parents sont invités à présenter leurs enfants à la maison des Sœurs, rue des Poissonniers, qui, grâce à la générosité de personnes riches, peuvent leur remettre les vêtements indispensables. Le pauvre n'a donc pas à rougir d'une toilette plus que modeste.

\* \*
\*

Le jour de la première communion, un pieux usage a été institué. Après la messe de communion, tous les enfants qui fréquentent les écoles chrétiennes et municipales sont réunis à la maison des Sœurs, où ils prennent part à un **déjeuner** servi par elles et les personnes charitables qui ont présidé à leur instruction religieuse. Ainsi, sans préjudice de la gaieté que comporte leur âge, se trouve conservé le recueillement de ce grand jour, au lieu de la dissipation grossière que beaucoup pourraient rencontrer dans leurs familles.

Comme complément, certaines personnes ajoutent à leur offrande de quoi fournir aux familles trop pauvres, des bons de pain, de vin, de viande pour le dîner dans la famille et suppléer à la perte du gain ordinaire qu'entraîne l'assistance des parents aux offices de la journée.

*
* *

Terminons ce qui concerne l'enfance par les **Orphelinats** dont les enfants sont les premiers à profiter. Les accidents et les maladies, causes trop fréquentes de décès dans les familles ouvrières, devaient appeler l'attention sur les orphelins, victimes innocentes de ces catastrophes. Aussi depuis des années un orphelinat avait-il été créé dans notre ville par l'administration municipale et par suite d'une entente amiable, la direction en avait été confiée aux Sœurs de Saint-Vincent de Paul. En 1880, le Conseil municipal, animé des fureurs antichrétiennes de la laïcisation, leur en ayant enlevé la direction, plusieurs familles pauvres supplièrent M. le Curé de créer un nouvel orphelinat où les enfants filles devenues orphelines, pussent être élevées par les Sœurs. L'orphelinat municipal continua à subsister et il dure encore aujourd'hui.

*
* *

M. le Curé ayant adhéré au vœu de ses paroissiens, un **Orphelinat paroissial** fut établi dans les dépendances de la Maison de Charité, grâce à la libéralité de plusieurs bienfaitrices.

Cette œuvre a pour but de recevoir gratuitement des petites filles orphelines, depuis 4 ans jusqu'à 21 ans ; de leur donner l'instruction primaire ; de les former aux soins du ménage ainsi qu'aux divers travaux de couture, afin de les préparer à gagner honnêtement leur vie et à devenir plus tard de bonnes mères de famille.

L'admission des orphelines est prononcée par la Supérieure de l'établissement sur la proposition des Sœurs qui visitent les familles pauvres de la paroisse. Elles reçoivent l'instruction primaire jusqu'au certificat d'études. Toutes sont formées aux travaux appropriés à leur caractère et à leur tempérament. Chaque année, elles reçoivent selon leur mérite et leur âge, un livret de caisse d'épargne de 5 à 100 francs ; de façon qu'à leur sortie, elles ont un petit pécule variant de 800 à 1.200 francs. De plus l'Etablissement leur fournit un trousseau composé d'une douzaine de chaque objet de lingerie et de trois robes.

\* \*
\*

A côté de l'Orphelinat paroissial pour les jeunes filles, il faut placer :

## l'Orphelinat Quennessen.

Lorsque la direction de l'Orphelinat municipal fut enlevée aux Sœurs de Saint-Vincent de Paul, un riche propriétaire de Neuilly offrit d'en fonder un autre, mais il demanda aux Sœurs de quitter la rue des Poissonniers et de s'établir au boulevard Victor-Hugo. Mais comme il n'était pas possible d'y transporter le siège de toutes les œuvres, vu son éloignement du centre de la commune, la proposition fut refusée et l'orphelinat paroissial constitué. M. Quennessen, l'auteur de la proposition, mourut en 1880, laissant une somme considérable pour la création d'un orphelinat de 50 enfants. Partie de cette somme fut consacrée à la construction des bâtiments. Le surplus fut placé en rentes dont le revenu fut destiné à l'entretien des enfants.

L'Etablissement fut inauguré le 2 juin 1890 ; et fut reconnu depuis comme établissement d'utilité publique et comme annexe de la Maison de Charité.

Situé au n° 88 du boulevard Victor-Hugo,
il est destiné à recevoir des garçons et
des filles du département de la Seine. Les
enfants admis dès l'âge de quatre ans jusqu'à
sept ans, doivent être enfants *légitimes*.

L'admission est prononcée par la directrice et est tout à fait gratuite. Aucun trousseau n'est exigé. Nul enfant ne peut être
admis sous condition du paiement d'une pension.

\*
\* \*

Notons cependant qu'à la suite de la **dona-
tion** par M. **Meslier** d'une somme importante dont l'usufruit était laissé à sa veuve,
et le capital donné à l'Orphelinat Quennessen,
douze enfants appartenant à quatre cantons
du département de la Somme, dont le dona-
taire était originaire, pourront y être admis.
Mme Meslier ayant abandonné une partie de
la somme léguée par son mari, plusieurs
enfants se trouvant dans les conditions sti-
pulées ont pu y être admis dès à présent.

\*
\* \*

La maison contient en ce moment 21 garçons et 28 filles. Elle est dirigée par les Sœurs

de Saint-Vincent de Paul au nombre de cinq. Le fils du fondateur, qui demeure à Paris, vient très fréquemment visiter l'Etablissement et s'intéresse à l'œuvre de son père.

L'enseignement primaire scolaire n'est pas donné dans la maison. A cet effet, les enfants sont conduits et ramenés deux fois par jour, les garçons à l'école des Frères, les filles à celle des Sœurs, par une personne raisonnable. Ils se contentent de faire à la maison les petits devoirs que les autres enfants de l'école font dans leur famille. La maison n'est donc pas une école, mais une famille, où les enfants reçoivent les soins dont la perte de leurs parents les prive. Ils fréquentent les catéchismes et suivent chaque dimanche les offices de l'église Saint-Pierre.

*
* *

Les garçons restent à l'orphelinat jusqu'à l'âge de 13 ans. Après avoir obtenu leur certificat d'études, ils sont placés chez des patrons choisis, pour apprendre une profession lucrative et devenir de bons ouvriers. Quelques-uns sont rendus à des membres de leur famille qui en font la demande.

Les filles sont conservées jusqu'à l'âge de

21 ans. On ne se contente pas de leur apprendre la couture ; on veut en faire de bonnes ménagères, sachant le blanchissage, le repassage, la cuisine, la façon des robes. A cet effet et à l'âge convenable, les filles sont appelées tour à tour à exercer dans la maison les métiers nécessaires.

\* \*
\*

Quoique l'établissement contienne des garçons et des filles, les deux sexes y sont séparés. Inutile de parler de l'ordre et de l'exquise propreté qui règnent dans les locaux destinés aux enfants. Les deux cours de récréation sont séparées par celle de service, véritable cour de ferme, qui conduit à un très grand jardin, où la culture fournit la majeure partie des légumes qui sont consommés dans l'Etablissement.

Enfin un petit oratoire complète le matériel de la maison.

Dans quelques années et lorsque le nombre des anciens sera devenu plus grand, car tous revoient avec bonheur les lieux qui ont abrité leur enfance, les superbes projets qu'on nous a fait entrevoir viendront témoigner de leur reconnaissance envers Dieu, envers le fondateur de l'Œuvre, envers les maîtresses qui les ont élevés, et de la fraternité véritable qui les unit.

## Œuvres de la Jeunesse.

Donner aux enfants l'instruction primaire si utile à tous ; la compléter par l'enseignement de la religion et de la morale est certainement leur rendre un grand service ; mais que peut-on espérer qu'ils deviendront une fois sortis de l'école après la première communion et l'obtention du certificat d'études ? Que doit-on attendre à l'âge de 13 ans de l'abandon à eux-mêmes ? car on ne saurait compter le plus habituellement sur les parents que les nécessités du travail empêchent de les sur-veiller.

Il est donc indispensable de faciliter la per-sévérance, et c'est le but qu'on se propose par les patronages. En conservant aux jeunes gens leurs relations amicales avec leurs anciens maîtres, dans les conditions nouvelles que comportent leurs occupations journalières, on prolonge la durée du séjour dans cette atmosphère chrétienne qui leur est si favo-rable, où se trouvent réunis les jeux et les distractions légitimes, les bons exemples de leurs camarades, les leçons discrètes de leurs maîtres et plus de facilité dans l'accomplissement de leurs devoirs religieux.

## Patronage des filles.

En premier lieu se place le Patronage des jeunes filles, dirigé par les Sœurs de la Charité. Pour faire partie de l'Œuvre, il faut avoir fait sa première communion. Le but essentiel est d'entretenir parmi ces jeunes filles la foi, l'innocence et la vie chrétienne. Tous les dimanches, elles vont à la messe, accompagnées d'une Sœur.

Après la messe, celles du chant reviennent chez les Sœurs, où l'une d'elles les fait chanter jusqu'à 11 heures environ.

\*
\* \*

Le Patronage comprend deux divisions : les jeunes filles de 13 à 15 ans forment le Petit Patronage. Celles de 15 à 21 ans et plus forment le Grand Patronage. Les premières suivent le Catéchisme de persévérance à la paroisse.

Tous les dimanches, vers 2 heures, elles se rendent chez les Sœurs de Saint-Vincent

de Paul, pour assister aux vêpres et au salut.
Dans les grands jours, elles vont en promenade, si le temps le permet. Sinon, des jeux
et une bibliothèque sont mis à leur disposition.
Une instruction leur est faite tous les dimanches à l'église Saint-Jean-Baptiste, par le
vicaire directeur de l'Œuvre, M. l'abbé Cordonnier.

Les jeunes filles dont la conduite a été bonne
et l'exactitude régulière sont reçues *Enfants
de Marie Immaculée,* à l'âge de 16 ans. Quand
l'une d'elles se marie, les autres assistent à la
bénédiction nuptiale. Elles la reçoivent à la
porte de l'église, avec la bannière de l'Association.

## Patronage Saint-Joseph.

Il est appelé à rendre aux garçons les
mêmes services que le précédent. Quoique le
noyau principal en soit fourni par les anciens
élèves de l'Ecole des Frères, il admet cependant des jeunes gens d'une autre origine,
mais de bonne conduite.

Le Directeur est M. l'abbé Arles.

L'admission ne peut avoir lieu que l'année
qui suit celle de la première communion. Elle

entraîne le paiement d'une cotisation mensuelle de 50 centimes pour les musiciens, et 25 centimes pour les autres.

Les réunions habituelles ont lieu : le dimanche, au matin pour se rendre à la messe des écoles, qui se dit à 8 heures à l'église Saint-Pierre et à laquelle assistent les élèves de l'Institution Sainte-Croix. L'après-midi, le Patronage est ouvert de 1 heure à 6 heures, à la maison des Frères, et des jeux variés sont mis à la disposition des jeunes gens.

Par le beau temps, la séance a lieu au Bois de Boulogne où se pratiquent des jeux de barres et de ballon. Une instruction et un salut terminent la séance.

Le mercredi est consacré aux leçons de musique et d'harmonie, de 8 heures à 10 heures du soir.

Le vendredi pareillement.

Deux grandes promenades ont lieu chaque année aux environs de Paris. Enfin, quatre séances récréatives données aux parents et amis des patronnés, fournissent, par le produit de la location des places, un complément de ressources, pour acquitter les dépenses.

## Groupe du Semeur.

Le *Semeur de Neuilly* a commencé par être un bulletin mensuel de la jeunesse et des questions sociales, fondé par M. l'abbé Pangaud, le 1er mai 1900. Pendant les premiers mois, la jeune rédaction s'assemblait une fois par mois, chez son directeur, pour échanger des idées et pour d'intéressantes discussions. Cela donna l'envie de se réunir plus souvent, plus régulièrement et de s'adjoindre des camarades : ainsi fut fondé le Cercle d'études religieuses et sociales. Les séances se tinrent deux fois par mois dans la salle des Œuvres, à la sacristie, jusqu'en octobre 1903. Au mois de novembre 1903, secondé par un comité de Dames de Neuilly qui réunirent les fonds par souscription, M. l'abbé Pangaud put installer ces différentes Œuvres dans un pavillon avec jardin, rue Soyer, n° 6 *bis,* et en assurer le fonctionnement régulier. En même temps, les jeunes gens du cercle, développant de plus en plus leur initiative, se constituèrent en association légalement déclarée qui prit le titre du journal qui avait été leur berceau, **le Semeur de Neuilly.**

Cette nouvelle Société, d'après ses statuts se compose d'hommes et de jeunes gens, admis sur présentation, catholiques déclarés et désireux de se dévouer à toutes les œuvres de régénération sociale et d'apostolat religieux. Elle compte, à l'heure actuelle, trente-cinq membres titulaires ; elle est administrée par un Comité directeur de cinq délégués élus pour deux ans. Le président actuel de l'Association est M. RENÉ LAFOSSE, n° 30, RUE BORGHÈSE. C'est à lui que les demandes d'admission doivent être adressées. M. l'abbé Pangaud, fondateur de ce groupe, est l'aumônier de la Société et reçoit également tous les jeunes gens qui s'intéressent à ces Œuvres et désirent en faire partie ou y être invités. Une cotisation des membres titulaires et une subvention du comité des Dames patronnesses suffisent à acquitter les dépenses.

A l'origine, le cercle d'études s'était simplement occupé de questions théoriques ; mais en 1902, une nouvelle fondation de M. l'abbé Pangaud vint ouvrir aux jeunes gens du cercle une nouvelle carrière pour faire œuvre d'apostolat pratique. Nous voulons parler du Patronage destiné aux enfants des écoles communales de Neuilly.

Actuellement l'Association *Le Semeur de Neuilly* comprend :

1° Un **Cercle d'études,** qui se réunit tous les quinze jours, le premier et le troisième lundis de chaque mois, rue Soyer, n° 6 *bis*, à 8 h. 1/2 du soir, pour des conférences faites à tour de rôle par ses membres, sur des sujets religieux, économiques ou sociaux, à l'exclusion de toute question politique.

2° Une **Bibliothèque,** alimentée par les dons et cotisations, et qui fonctionne également rue Soyer.

3° Un **Patronage** réservé aux **garçons des écoles communales laïques** de Neuilly, ayant fait leur première communion. Ce Patronage sous la direction effective de M. l'abbé Pangaud, assisté des principaux membres de l'Association, réunit les enfants à 8 heures les dimanches, à l'église Saint-Pierre, pour les habituer à rester fidèles au devoir dominical. Ils se rendent ensuite à la maison du *Semeur* où des jeux nombreux et des distractions variées sont mis à leur disposition jusqu'à 10 h. 1/2. Ensuite une lecture commentée de l'Evangile du jour est faite par un membre de l'Association, ou une petite instruction par M. l'abbé Pangaud.

Dans l'après-midi, lorsque la saison le permet, on conduit les enfants sur les pelouses du Bois de Boulogne, et ils s'y livrent à des parties de foot-ball ou à des exercices gymnastiques. De nombreuses séances récréatives avec musique, projections, tombolas, viennent en outre, pendant l'année, s'ajouter à tous ces avantages.

A côté de ce Patronage réservé aux garçons de 12 ans et au-dessus, existe un petit Patronage qui ouvre le jeudi et le dimanche après midi pour les enfants n'ayant pas fait leur première communion. Confié à des dames et à des jeunes filles, il fut ensuite remis en grande partie aux jeunes gens du Cercle d'études qui trouvèrent là une occasion de faire le bien d'une manière pratiquement chrétienne. Le programme est à peu près le même que celui du grand Cercle, mais la direction de cette Œuvre est confiée aux Dames patronnesses. C'est une transformation de l'Œuvre déjà décrite sous le titre de : *Répétition du catéchisme.* Jusqu'à ce jour, le grand Patronage a réuni jusqu'à 50 enfants et le petit Patronage plus de 120.

4° Un **Secrétariat du peuple**, qui est dirigé par les membres du Bureau de l'Association. C'est un Bureau de renseignements pour contentieux, affaires administratives ou questions ouvrières, réservé aux parents des enfants qui suivent le Patronage. Il est ouvert tous les MERCREDIS SOIR, rue Soyer. Un service de consultations médicales gratuites y est annexé et assuré par le dévouement de M. LE Dr DUCOT, membre de l'Association.

5° Enfin le **Comité des Dames Patronnesses** de l'Association des jeunes gens, se réunit une fois par mois, rue Soyer, sous la présidence de Mme Brault et de M. l'abbé Pangaud, et travaille à un vestiaire pour confectionner et rassembler, des vêtements et du linge destinés aux familles adhérentes à l'Association. Par un ingénieux système de récompenses, tous ces objets utiles peuvent être gagnés par les enfants du Patronage à l'aide des bons points obtenus, qui servent de numéros de tombola.

Tel est actuellement le système et le fonctionnement des œuvres sociales et catholiques de la rue Soyer.

\# \#
\#

Au moment de terminer notre travail nous apprenons qu'il se fonde à Neuilly un nouveau

Patronage. Les écoles chrétiennes ont les leurs. Sont-ils moins nécessaires pour les écoles laïques ? Tel n'est pas l'avis du vénérable pasteur du diocèse de Paris, dont le cœur s'afflige de voir tant d'enfants soustraits à l'influence religieuse dans les écoles sans Dieu. Sa Grandeur conjure ses fidèles diocésains de fonder et d'entretenir des patronages à l'usage des enfants des écoles laïques, principal moyen de leur faire connaître leurs devoirs envers Dieu, envers la société, envers eux-mêmes. Peut-on mettre en doute cette nécessité, quand on consulte les statistiques et qu'on constate chaque année l'augmentation effroyable des crimes et des suicides de jeunes gens, qu'explique trop bien l'absence de tout enseignement religieux. Neuilly possède son patronage laïque de garçons (Voir *Groupe du Semeur*). Pareil établissement est-il moins nécessaire pour les filles, que leur sexe, leur faiblesse naturelle exposent journellement à des dangers de toutes sortes ? Ce Patronage vient de se fonder sous le vocable de

## Notre-Dame de Bon Conseil.

Il est établi avenue du Roule, n° 160. La présidente de l'Œuvre est Mme la baronne de la Pinsonnie. La directrice est Mlle de Ségonsac. Il est uniquement destiné aux filles des écoles laïques. Comme pour les garçons, la journée du dimanche est consacrée à l'assistance à la messe, le matin, à de courtes instructions, à des jeux et autres distractions dans le cours de la journée. Le jeudi, mêmes exercices dans l'après-midi. Les répétitions du catéchisme sont également faites aux plus jeunes qui n'ont pas fait leur première communion et pour les plus âgées le catéchisme de persévérance. Ainsi se trouvera rempli le vœu de notre archevêque vénéré.

## Œuvres de l'âge adulte.

Nous avons vu, *Bureau de Bienfaisance*, que les soins médicaux donnés aux malades le sont par des médecins désignés par la ville ; que les médicaments prescrits sont fournis par des pharmaciens également nommés.

La visite des malades soignés par le Bureau de Bienfaisance, qui leur sont signalés, est faite par deux Sœurs, qui, de concert avec les Dames de Charité, portent aux familles indigentes des secours en argent et des bons de pain, de viande et de charbon. Celles qui ne sont pas assistées d'ordinaire par le Bureau

peuvent être admises, sur leur demande à la
Mairie, à partager ces avantages pendant le
cours de leur maladie. Une démarche d'un
ami des pauvres peut faciliter cette admission.

*
* *

Les Sœurs de la Maison de Charité assistent encore les malades par l'application des
ventouses et autres prescriptions faites par
les médecins ; en faisant les pansements nécessaires, soit au domicile, soit à la maison
de Charité. Un DISPENSAIRE est établi à cette
dernière, où chaque jour, à une heure déter-
minée, une Sœur munie du brevet d'infirmière
se tient à la disposition des pauvres pour les
pansements difficiles.

Chaque semaine un médecin de la ville,
M. LE DOCTEUR PUTEL, donne au dispensaire
des consultations gratuites aux malades qui
se présentent. Ceux qui ne reçoivent pas les
secours du Bureau et qui sont connus des
Sœurs comme ayant besoin d'être aidés, peuvent recevoir les médicaments chez un pharmacien désigné. Leur ordonnance est marquée
à cet effet d'un cachet de la Maison de Charité.

*
* *

Pendant la mauvaise saison, des portions de soupe, de viande et de légumes sont distribuées par un **Fourneau** de la Maison de Charité à tous les pauvres munis des bons délivrés à cet effet. Ces bons, vendus à des personnes charitables, permettent à celles-ci d'assister les pauvres auxquels elles s'intéressent, par ce moyen de préférence à une remise d'argent dont il n'est pas toujours fait un bon usage.

A ce dispensaire est annexé un **Vestiaire** formé à l'aide de vêtements défraîchis, de chaussures encore susceptibles de bon usage, provenant de garde-robes et adressées aux Sœurs par les familles qui ne peuvent plus s'en servir.

Chaque vendredi, des jeunes filles pieuses de la paroisse se réunissent à la Maison de Charité en un **ouvroir,** pour confectionner des vêtements aux enfants pauvres des écoles ; tandis que les Dames préparent des layettes aux mères de famille qui se recommandent aux Sœurs. Les vêtements confectionnés pour les pauvres dans les familles sont également reçus avec reconnaissance et viennent alimenter le fonds du vestiaire.

Un ouvroir externe où des jeunes filles de 13 à 16 ans sont initiées aux travaux de couture, de confection et d'économie domestique complète l'ensemble des Œuvres de Charité.

*
* *

N'oublions pas de signaler les gardes-malades pour les pauvres. Les Sœurs Franciscaines, avenue du Roule, n° 87, et les Dames de Saint-Joseph, rue Perronet, n° 74, ne se contentent pas de soigner les personnes fortunées, comme les gardes-malades ordinaires. Elles vont aussi donner gratuitement leurs soins aux pauvres.

## Société de Saint-Vincent de Paul.

Nous arrivons maintenant à la Société de Saint-Vincent de Paul qui joue un grand rôle à Neuilly parmi toutes les Œuvres de la charité. Membre de la dite Conférence, et désireux de la voir prospérer, nous réclamons l'indulgence de nos lecteurs pour l'étendue de l'exposé que nous allons lui consacrer.

Son Président est M. THIRION, n° 24, RUE DE CHÉZY. Elle se recrute principalement par la propagande. La première condition qu'elle impose est d'être *catholique pratiquant*. Les hommes et les jeunes gens y sont seuls admis. Elle est donc tout à la fois charitable et catholique. Aussi est-ce dans son sein que se recrutent les membres hommes des Œuvres catholiques soit charitables, soit de dévotion.

Ses réunions hebdomadaires ont lieu dans une des salles de la sacristie de l'église Saint-Pierre, le MARDI SOIR, à 8 h. 1/2. Son premier acte est de remettre à ses nouveaux membres le *Manuel* qui contient ses *Règlements* et les *Instructions des Présidents* faisant connaître son esprit.

*
*,*

Le but qu'elle se propose est de réunir par les liens de la charité les hommes et les jeunes gens ; de les mettre en rapport avec les familles pauvres, au moyen de visites ; d'assister celles-ci dans leurs besoins temporels, par des bons, et de profiter des relations ainsi créées pour réveiller les sentiments religieux; pour les développer ; pour faire donner aux enfants une éducation chrétienne ; pour engager les parents à pratiquer la religion ; tout au moins pour les amener à recevoir dans leurs maladies l'assistance du prêtre pour revenir à Dieu.

Ces résultats sont obtenus d'abord par la réunion hebdomadaire des sociétaires, dans laquelle, après une prière et une lecture pieuse, on traite les diverses questions à l'ordre du jour, telles que l'admission des familles à l'assistance sur le rapport d'un visiteur, la distribution des bons de pain, de viande, de chaussures, et dans l'hiver de charbon. La séance est terminée par une quête parmi les membres présents, et une seconde prière.

Chaque membre est appelé à visiter toutes les semaines, au jour et à l'heure qui lui conviennent, et *qui ne doivent pas être les mêmes,* une moyenne de deux ou trois familles.

Dans ces visites, par une causerie amicale, le sociétaire de Saint-Vincent de Paul s'enquiert de la santé des membres de la famille, de ses moyens d'existence, des gains du père et de la mère, des écoles que fréquentent les enfants, des progrès qu'ils font dans leurs petites études, des soins spéciaux qu'ils peuvent nécessiter durant les maladies si fréquentes à leur âge. Dans ces conversations affectueuses il pourra par de bons conseils, les indications et les renseignements qu'il peut fournir aux parents, diriger vers le bien ces petites intelligences, connaître ce qui peut leur être agréable, les aider à l'obtenir, s'il est possible, surtout dans les démarches pour le placement des enfants comme apprentis, chez des patrons où ils ne trouveront que de bons exemples ; et avant tout, le repos dominical si utile à leur santé, qui leur permettra l'assistance à la messe et la fréquentation des patronages. N'est-ce pas dans ces derniers qu'ils trouveront les leçons et les bons conseils pour compléter leur éducation et des distractions légitimes pour les détourner des mauvaises compagnies ? Si la santé de l'enfant réclame un traitement particulier, il fera les démarches nécessaires pour son placement.

Si un malheur vient à frapper l'un des chefs de la famille, il s'efforcera d'aider le survivant par ses conseils ou ses démarches. Il est d'usage de faire dire une messe, pour le repos de l'âme du défunt, et d'y assister avec la famille. La demander à la Société.

L'assistance de la Conférence s'adresse surtout aux familles ayant plus de deux enfants. Les veuves placées dans cette situation reçoivent un accueil particulièrement

bienveillant, qui est refusé aux filles-mères,
sauf dans de très rares exceptions. Les veuves
sans enfants ne sont également pas admises ;
mais les demandes de ces deux catégories
sont transmises par M. le Président à l'Association des Dames de Charité.

Le nombre des familles visitées pendant
l'année 1903 a dépassé 90 et celui des visi-
teurs a atteint le chiffre de 38.

## Mariages d'indigents.

L'intervention de la Conférence ne se borne
pas à ces visites et à ces distributions aux
familles nécessiteuses. D'accord avec l'Association des Dames de Charité, elle désigne
un de ses membres pour préparer les maria-
ges d'indigents. Ceux-ci sont de deux sortes.
Comme la Société de Saint-François-Régis,
elle cherche à régulariser les faux ménages.
Trop souvent le défaut de ressources, l'ignorance des démarches à faire, le manque du
temps qu'elles nécessitent, expliquent ces
situations qu'entretient la négligence après
l'inconduite. Effectuer ces unions, légitimer
les enfants qui en sont le produit, tel est le
rôle du Confrère chargé de ce service. Très
souvent il s'agit de faciliter le mariage de

jeunes gens à qui l'insuffisance des ressources et les nécessités du travail ne permettent pas de faire les démarches.

C'est à l'instigation soit des Sœurs de Charité, soit de personnes religieuses que ces unions sont provoquées. Quelques groupes s'adressent d'eux-mêmes au directeur du Comité. M. le D<sup>r</sup> LEGRAND père, chargé de ce service, reçoit TOUS LES JOURS, DE MIDI ET DEMI A I H. 1/2, ET LE SOIR, DE 8 HEURES A 9 HEURES, après le travail, SAUF LE MARDI, à son domicile, n° 136 *bis*, AVENUE DE NEUILLY.

Dans ces divers cas, il profite des facilités que la loi met à sa disposition par une réduction considérable sur le prix des actes. L'accueil bienveillant que font au confrère pour faciliter sa tâche, M. le Maire et MM. les employés de l'état civil rendent cette dernière bien moins difficile.

Disons enfin que les ouvriers acceptent en général avec bonheur le concours qu'on leur apporte et sont heureux en sortant de la cérémonie de témoigner leur reconnaissance.

*
* *

La Conférence fait chaque semaine, à tous ses visités, la remise, avec les bons, d'un

numéro des **Petites Lectures** que beaucoup recherchent avec plaisir. Chaque année,
elle leur distribue un exemplaire de l'**Alma-
nach de l'Atelier** et de temps en temps un
des Evangiles, lectures intéressantes pour
eux et propres à réveiller et à fortifier les
sentiments religieux. Il est regrettable que
la constitution d'une bibliothèque ne lui per-
mette pas d'encourager la lecture des bons
livres, comme le font certaines associations.
Ce serait le cas d'instituer une *Bibliothèque
Paroissiale,* commune à toutes les œuvres,
qui réunissant toutes les ressources et con-
fondant tous les efforts, permettrait de consti-
tuer un recueil de livres intéressants pour
ceux qui viennent y chercher seulement une
distraction saine et agréable, comme pour
les travailleurs désireux de consulter des
ouvrages que leurs ressources ne leur permettent pas de se procurer.

A celles de ses familles qui lui sont dési-
gnées la Conférence fait cadeau d'un *crucifix*
à suspendre auprès de leur lit.

*
* *

D'autres usages sont encore pratiqués
dans quelques Conférences ; mais n'ont pas

encore réussi à s'implanter dans celle de Neuilly. De ce nombre est la **Caisse de Loyers.** Réunir au moment du terme la somme toujours importante pour les petites bourses, nécessaire pour payer le loyer, n'est pas chose aisée : mettre s'il était possible, chaque jour de côté, une petite somme à valoir pour le terme, semble chose naturelle ; mais il faut pour cela qu'à l'économie de la ménagère se joigne la ferme volonté de ne pas disposer des fonds dans le cours du trimestre, pour un autre usage. La Conférence propose à ses familles de remettre chaque semaine à leur visiteur, la somme à valoir sur le loyer. Elle est inscrite sur un livret *ad hoc* par le visiteur. À l'époque du terme, il rembourse à la famille le montant et y ajoute 10 o/o dont la Société lui tient compte. Cette proposition n'a rencontré jusqu'ici que très peu d'adhérents.

\*
\* \*

La Société réunit chaque année en une **Séance extraordinaire,** sous la présidence de M. le Curé, tous les membres soit titulaires qui font des visites aux familles, soit honoraires qui apportent à leurs confrères l'assistance de leurs aumônes. Il est rendu compte dans cette séance de la situation de la Société et des bienfaits de toutes sortes qu'elle a pu rendre à ses familles.

\*
\* \*

Depuis environ dix ans et pour resserrer les liens qui réunissent entre eux tous les confrères des diverses communes du département de la Seine, le Conseil central de Paris a partagé les Conférences des communes suburbaines en quatre groupes, Est, Ouest, Nord et Sud, et a constitué pour chacun de ces groupes un Conseil particulier. Les Conférences des cantons ouest ont formé un des premiers groupes sous la présidence de M. Thirion. Chaque Société n'en conserve pas moins sa vie propre. Elles sont aujourd'hui au nombre de treize, savoir :

Asnières, Billancourt, Bois-Colombes, Boulogne-sur-Seine, Clichy, Colombes, Courbevoie, La Garenne, Levallois-Perret, Nanterre, Neuilly-sur-Seine, Puteaux, Suresnes, plus trois petites Conférences.

Représentées par leurs Présidents, elles constituent le Conseil particulier de Neuilly-Courbevoie, qui se réunit tous les deux mois dans des séances où il est donné connaissance de la situation de chaque conférence. Il a été constitué un fonds commun formé à l'aide du versement du dixième des recettes annuelles et qui sert à subvenir aux besoins de celles d'entre elles qui sont les moins favorisées et accusent une insuffisance de recettes.

Chaque année, au mois de juin, une assemblée générale à laquelle sont invités tous les confrères des communes des cantons ouest, se tient tour à tour dans l'église paroissiale de l'une des sociétés, sous la présidence de M. le Curé de la paroisse. Une allocution du Président du Conseil particulier, suivie d'un rapport d'ensemble sur la situation des Conférences des cantons, porte tous les faits intéressants à la connaissance des confrères. Une exhortation du Président d'honneur, suivie d'un salut du Très Saint Sacrement, termine la séance.

Le Rapport est publié chaque année et distribué à tous les membres. Ainsi se trouvent préparées entre eux des relations fraternelles et une émulation dans le bien favorables au développement de la Société.

## Société de Secours Mutuels, dite des Ternes.

Il n'est pas sans intérêt de signaler ici l'œuvre des Sociétés de Secours Mutuels que nos confrères sont à même de rencontrer dans leurs visites et qui méritent toutes nos sympathies. Ici nous trouvons des ouvriers, prélevant sur le produit de leur travail une somme qui est consacrée à l'assistance de camarades et d'eux-mêmes dans leurs maladies. L'indemnité journalière qui leur revient dans ce cas, est fixée à l'avance suivant des règles. A cette assistance pécuniaire s'ajoutent les visites d'un médecin et la délivrance de médicaments par un pharmacien choisis. En plus un visiteur s'assure que les intentions de la Société sont bien remplies. Ce n'est pas là une aumône, c'est un droit. Cependant les chrétiens qui apportent à ces sociétés leur concours comme membres honoraires payant une cotisation, le font au titre charitable, et si les membres honoraires et l'Etat lui-même ne fournissaient pas une subvention, il est douteux que les Sociétés puissent suffire aux charges qu'elles s'imposent, car une petite pension viagère vient compléter l'assistance à l'âge fixé par le règlement. Toutefois ces Sociétés encourageant l'économie et favorisant la création de ressources en faveur des ouvriers laborieux méritent notre concours.

Il est juste de rappeler que souvent, à l'origine des Sociétés de Secours Mutuels, on retrouve l'intervention des Frères de la Doctrine chrétienne et de pieux laïques, voire même de quelques membres du clergé ; mais les caractères religieux que présentaient leurs statuts n'ont pas tardé à disparaître, à mesure que croissait l'influence néfaste des sectes antireligieuses. Tel fut le cas de la Société de Secours Mutuels, dite des Ternes, fondée à une époque où le quartier des Ternes formait une section de la commune de Neuilly. Cette société qui s'adresse à tous les corps de métiers et qui avait été fondée pour *toute la commune de Neuilly,* a continué ce double service après l'annexion des Ternes à Paris et subsiste encore aujourd'hui au grand bénéfice des ouvriers prévoyants.

On peut rencontrer d'autres sociétés dont les membres appartiennent à une même profession dont le siège est à Paris. Nous ne pouvons que signaler leur existence.

## Œuvres de la vieillesse. — Maison des vieillards.

Cet établissement, créé en 1872, est une des dernières fondations de l'administration municipale. Elle fournit un asile aux vieillards, hommes et femmes, habitant la commune depuis au moins dix années. L'admission est fixée à l'âge de 70 ans pour les hommes, et 65 ans pour les femmes ; les postulants doivent être valides au moment de leur admission.

Située d'abord dans une maison appartenant à la commune à l'angle de l'avenue du Roule et de la rue des Huissiers, la maison avait été confiée à l'administration des Sœurs de Saint-Vincent de Paul. Mais après quelques années, elle fut laïcisée. En 1889, elle fut transportée, rue Soyer, n° 7, dans un bâtiment construit spécialement pour elle, sans luxe, mais avec tout le confort que commande l'hygiène. Elle est dirigée par Mme Mercier depuis 26 ans.

Elle se compose d'un bâtiment en forme de fer à cheval, comprenant un rez-de-chaussée élevé de quelques marches au-dessus du sol et un premier étage, à l'exposition du midi. De ce côté, on trouve une vérandah où les vieillards peuvent trouver, si le temps le permet, un repos à l'abri des intempéries, ayant sous les yeux un jardin fleuri.

Au rez-de-chaussée, à gauche, les services, réfectoire, cuisine, salle de bains ; à droite, un dortoir pour les femmes impotentes ou infirmes, et les salles d'infirmerie pour les malades, hommes et femmes. Dans le bâtiment central un ouvroir pour les hommes et un pour les femmes ; cabinet de la Directrice, lingerie, cabinet du médecin.

Au premier étage à gauche, dortoir des hommes ; à droite, dortoir des femmes ; au milieu, les lavabos, le logement de la Directrice et celui des gens de service ; le tout e t d'une exquise propreté. En prévision d'incendie, la commumication du rez-de-chaussée au premier étage est établie dans le bâtiment central par un large escalier ; à l'extrémité des deux ailes, par deux autres plus étroits, donnant sur le jardin. Une cour plantée sur le devant, deux passages latéraux, et un jardin bien ombragé, par derrière, complètent l'heureuse disposition de l'établissement.

La Maison des vieillards admet actuellement 16 hommes et 25 femmes. On pourra s'étonner de cette différence ; elle est pourtant réelle. Le personnel des femmes est toujours au complet. Celui des hommes présente souvent des vacances ; par suite l'admission des femmes est habituellement précédée d'un stage.

L'infirmerie comprend quatre lits d'hommes et quatre lits de femmes, mais *seulement pour les pensionnaires*. Un médecin, le docteur LEGRAND FILS, est attaché à l'établissement.

Il fait chaque semaine deux visites réglementaires et, en cas d'urgence, celles qui lui sont demandées par la Directrice.

L'établissement est administré par un Comité.

Il est question de l'agrandir par la création d'un deuxième étage. Cette mesure serait des plus utiles. Le malheur des temps ne permet guère aux ouvriers de faire des économies pour leur vieillesse. Ils trouvent d'ailleurs, en entrant dans cette maison, l'avantage de ne pas s'éloigner de leur famille et des amis de toute leur vie, qu'il leur faut quitter quand ils sont admis dans les établissements de l'Assistance publique.

Inutile de montrer l'avantage que cet hospice présente pour nos amis. En aidant l'admission des vieillards dont ils sont habitués à visiter les familles, ils pourront continuer à leur montrer le même intérêt.

## Budget des Recettes de la Charité.

Ce n'est pas tout de faire connaître à nos lecteurs les Œuvres d'assistance des pauvres.

Il n'est pas moins nécessaire d'indiquer comment elles se procurent les fonds qu'elles emploient.

En premier lieu, les *quêtes à domicile*. Tout le monde connaît celle que le *Bureau de Bienfaisance* est autorisé à faire chaque année avec le concours de l'Administration. A côté, il faut placer celle qui est faite pour les *Ecoles chrétiennes* et qui est pratiquée dans chaque quartier par des Dames de Charité et des membres de la Conférence de Saint-Vincent de Paul. Cette quête est annoncée en chaire, et les quêteurs sont des personnes connues dans la commune. Toute autre demande de même nature ne doit donc être accueillie *qu'avec la plus grande réserve*.

Viennent ensuite les quêtes faites à la porte des églises Saint-Pierre et Saint-Jean-Baptiste, le *premier dimanche du mois,* pour les pauvres assistés par les Dames de Charité; le *troisième* et les *jours des grandes Fêtes* de l'année, pour les Ecoles chrétiennes; un *dimanche annoncé à l'avance,* pour certaines œuvres spéciales, comme *l'habillement des enfants pauvres de la première Communion.*

Le dimanche de la *fête de Saint-Jean-Baptiste,* à la suite d'un sermon de charité, quête aux portes des deux églises en faveur des familles assistées par la Conférence de Saint-Vincent de Paul.

Même quête le *jour de Noël,* pour la Crèche.

Les quêtes faites aux séances des Sociétés parmi les membres qui en font partie et les cotisations des membres.

Quant à la quête des dimanches *ordinaires,* faite à la suite de celle pour l'église et par une orpheline, elle est au profit de l'*Orphelinat municipal,* en conformité de la loi.

Aux recettes il faut ajouter le *produit des troncs,* placés dans les deux églises, que M. le Curé se réserve de distribuer aux œuvres charitables.

Les *dons* remis entre les mains de M. le Curé, des Sœurs de la Charité, des Dames et des membres de la Conférence de Saint-Vincent de Paul ou aux sacristies.

Une source des plus abondantes de recette provient de la *fête de Charité* donnée, chaque année, aux vacances de Pâques et qui comprend :

1° Une *tombola* dont les billets sont placés par les soins des membres des différentes œuvres ;

2° Une *Vente de charité* qui a lieu les *Lundi* et *Mardi* de Pâques, sous la vérandah de l'Institution Sainte-Croix ;

3° Une *Matinée musicale et dramatique*. Le tirage des lots de la tombola a lieu à la même époque.

Le produit de cette fête est partagé entre les différentes œuvres.

\*
\*\*

Nous croyons utile de faire connaître à nos lecteurs les endroits où ils pourront s'adresser pour obtenir les renseignements désirables concernant les différentes œuvres.

*Œuvres de la Charité catholique :* aux sacristies des églises Saint-Pierre et Saint-Jean-Baptiste.

*Maison de Charité :* rue des Poissonniers, n° 11.

*Crèche :* même rue, n° 24.

*Asile Sainte-Cécile :* même rue, n° 23 (cette maison est fermée pour le moment).

*Ecoles chrétiennes et Patronages :*
*des Frères :* avenue du Roule, n° 121.
*des Sœurs :* rue des Poissonniers, n° 11.

*Conférence de Saint-Vincent de Paul :* M. Thirion, président, rue de Chézy, n° 24.

*Groupe du Semeur :* rue Soyer, n° 6 *bis,*

*Bureau de Bienfaisance :* à la Mairie.

*Maison des Vieillards :* à la Mairie et rue Soyer, n° 7.

*Société de Secours Mutuels, dite des Ternes :* M. Benoit, chef de Section, n° 169, avenue de Neuilly.

## Conclusion.

Nous voici parvenu au terme de notre travail. Nous nous sommes efforcé d'être aussi exact et complet que possible. S'ensuit-il que nous avons parlé de toutes les associations de la ville de Neuilly ? Notre prétention est tout autre. Nous avons, à dessein, passé sous silence les Confréries et Associations ayant un but de dévotion et qui méritent tous nos respects. Nous avons voulu faire connaître surtout les œuvres de charité catholique et nous n'avons excepté des fondations municipales le Bureau de Bienfaisance et la Maison des Vieillards que parce que nos œuvres les complètent. La Société de Secours Mutuels dite des Ternes est une ancienne fondation créée pour Neuilly. Les autres sociétés de même nature n'ont que des sociétaires isolés et sont plutôt professionnelles que communales. Nous ignorons à peu près les fondations créées par nos concitoyens protestants ou juifs et les félicitons cordialement du bien qu'ils ont pu faire et des succès qu'ils ont obtenus, au temporel. En raison de sa situation magnifique, notre ville a été choisie par diverses associations dont le chef-lieu est à Paris, pour y fonder des établissements charitables. A cette classe appartiennent :

1° **La Fondation Belœil**, rue Borghèse, n° 57, destinée à des vieillards.

2° **La Retraite des Frères Galignani**, boulevard Bineau, n° 55, fondée par ces Messieurs en 1889 pour des artistes, des littérateurs, des imprimeurs sans fortune, âgés ou infirmes. Ces deux établissements dépendent de l'administration de l'Assistance publique et ne peuvent être appelés qu'accidentellement à recevoir des vieillards de notre ville.

3° **La Retraite de Sainte-Anne,** avenue du Roule, n° 68, fondée en 1852, par M. l'abbé Deguerry, ancien curé de la Madeleine. Elle est dirigée par les Sœurs de la Charité de Nevers et n'admet que des Dames pouvant payer une pension.

4° **L'Œuvre de Notre-Dame des Sept-Douleurs,** avenue du Roule, n° 42, plus connue sous le nom d'Asile Mathilde, du nom de la princesse qui présida à sa fondation. Cette maison, établie en 1864, reçoit des jeunes filles estropiées et infirmes, et on peut y rencontrer la collection la plus horrible de toutes les maladies qui peuvent frapper l'espèce humaine et auxquelles la charité chrétienne la plus dévouée puisse apporter soulagement et consolation.

5° **L'Hôpital homœopathique Hahnemann,** rue de Chézy, n° 45, fondé en 1870 par une réunion de médecins homœopathes, reconnu d'utilité publique ; il est soutenu par les souscriptions et les dons des personnes qui s'intéressent à l'œuvre. Il est desservi par les

Sœurs de Saint-Vincent de Paul et comprend un service gratuit pour les indigents et des soins à des pensionnaires moyennant le paiement d'une rétribution variable.

6° A côté de ces œuvres qui sont venues s'implanter à Neuilly, sans être à destination de cette ville, il nous faut placer une sorte de **Maison de Famille.** En 1891, Mlle Lozouet, grande amie des pauvres et de l'humilité, reçueillait quelques enfants qu'elle visitait. Après sa mort, son œuvre fut continuée par sa famille sous la haute protection de M. le Curé de Saint-Philippe du Roule, sa paroisse. Elle comprend aujourd'hui deux établissements, l'un destiné aux garçons, est au n° 23 du boulevard d'Inkermann. Les enfants sont conduits chaque jour à l'école des Frères de l'avenue du Roule. L'autre établissement destiné aux filles est installé au n° 46 du boulevard Victor-Hugo. Un professeur du dehors est chargé de l'enseignement primaire. Les soins maternels sont donnés à ces enfants par des Dames qu'anime le sentiment religieux le plus pur de la charité catholique. A l'exemple de Mlle Lozouet, elles se conforment à la prescription évangélique, et s'abstiennent de toute réclame, voire même de ce qui pourrait faire connaître l'Œuvre ! Tous les enfants assistent le dimanche aux offices de l'église Saint-Pierre.

L'admission dans cette maison de famille est tout à fait gratuite. Aussi les demandes sont nombreuses, mais le plus souvent impossibles à satisfaire.

On nous signale encore diverses maisons charitables pour assister des étrangers.

7° Au n° 69 du boulevard Bineau, une maison espagnole : **Maison San-Fernando** pour l'assistance des pauvres d'origine espagnole. Elle est ouverte tous les mardis et vendredis, pendant toute la journée, sous la direction d'une Sœur de Saint-Vincent de Paul et reçoit quelques orphelins. Cette maison est patronnée par l'ambassade d'Espagne.

8° Une société de Bienfaisance italienne a ouvert au n° 141 de la rue Perronet et sous la direction d'une sœur italienne, un **Orphelinat** pour les Enfants de cette origine.

Mais ces Œuvres, si intéressantes soient-elles, ne sont pas des Œuvres paroissiales. Le caractère protestant des établissements pour les Anglais, nous dispense de les signaler.

## L'Enseignement secondaire catholique

Dans une commune aussi catholique et charitable que la ville de Neuilly, le complément nécessaire mis à la disposition des familles chrétiennes est la présence d'établissements d'enseignement secondaire pour les garçons et pour les filles. A ce titre, nous devons signaler :

L'**Institution Sainte-Croix**, avenue du Roule, n° 50, dirigée par M. l'abbé Litter, où se donne aux jeunes gens l'enseignement secondaire complet, d'après le programme de l'Université, avec préparation aux examens.

La **Pension des Dames Augustines Anglaises**, située au n° 24 du boulevard Victor-Hugo.

Enfin l'**Institution Sainte-Geneviève**, avenue Sainte-Foy, n° 18, dirigée par Mme Richer.

Ces divers établissements ne sont pas dus à la charité, mais sont éminemment chrétiens et reçoivent des externes, chose intéressante pour les familles. Les parents, qui veulent les connaître, n'ont qu'à demander le prospectus et à visiter les établissements. On compte parmi leurs élèves un nombre important de jeunes gens de Neuilly.

On le voit donc, les œuvres charitables de Neuilly forment une véritable Fédération. C'est à nos concitoyens qu'il appartient de les étendre et de les perfectionner.

Allez, chères petites feuilles, et que Dieu vous conduise et vous garde.

# TABLE DES MATIÈRES

5

## Œuvres de l'âge adulte.

## Œuvres de la Vieillesse.

## Budget des recettes de la Charité.

## Conclusion.

2019-04. — Imp. Orph.-App., F. BLÉTIT, 40, rue La Fontaine,
Paris-Auteuil.

Librairie BLOUD & C<sup>ie</sup>, 4, rue Madame, Paris VI<sup>e</sup>

## COLLECTION
# " LA PENSÉE CHRÉTIENNE "
### TEXTES ET ÉTUDES

**GRANDS IN-16 A PRIX VARIÉS.**

**Bonald,** par Paul Bourget, *de l'Académie Française*, et Michel Salomon, 1 vol. : 3 fr. 50 ; *franco* : 4 francs.

**Saint Irénée,** par Albert Dufourcq, professeur à l'Université de Bordeaux, docteur ès lettres, 1 vol. : 3 fr. 50 ; *franco* : 4 francs.

**Tertullien,** par l'abbé J. Turmel, 1 volume : 3 fr. 50 ; *franco* : 4 francs.

**Saint Jean Damascène,** par V. Ermoni, professeur au Scolasticat des Lazaristes, 1 volume : 3 francs ; *franco* : 3 fr. 50.

**Saint Bernard,** par E. Vacandard, aumônier au Lycée de Rouen, 1 volume : 3 francs ; *franco* : 3 fr. 50.

**Newman,** *le développement du dogme chrétien,* par l'abbé Henri Brémond, 1 volume : 3 francs : *franco* : 3 fr. 50.

**Epîtres de saint Paul,** *traduction et commentaire,* par A. Lemonnyer, O. P., professeur d'écriture sainte. 1<sup>re</sup> partie : *Lettres aux Thessaloniciens, aux Galates, aux Corinthiens et aux Romains.* 1 volume : 3 fr. 50 ; *franco* : 4 francs. La deuxième partie en préparation paraîtra prochainement.

**Evangile selon saint Matthieu,** *traduction et commentaire,* cartes et plans, par V. Rose, O. P., professeur à l'Université de Fribourg, 1 volume : 2 fr. 50 ; *franco* : 2 fr. 75.

*Du même auteur :* **Evangile selon saint Marc,** *traduction et commentaire,* cartes et plans, 1 volume : 2 fr. 50 ; *franco* : 2 fr. 75.

*Du même auteur :* **Evangile selon saint Luc,** *traduction et commentaire :* cartes et plans, 1 volume : 2 fr. 50 ; *franco* : 2 fr. 75.

**Evangile selon saint Jean,** *traduction et commentaire,* par le R. P. Th. Calmes, S.S. C.C., 1 vol. : 3 francs ; *franco* : 3 fr. 50.

**Epîtres catholiques. Apocalypse,** *traduction et commentaire,* 1 volume : 3 fr. 50 ; *franco* : 4 francs.

**Actes des Apôtres,** *traduction et commentaire,* par V. Rose, O. P., professeur à l'Université de Fribourg, 1 volume : 3 fr. 50 ; *franco* : 4 francs.

www.ingramcontent.com/pod-product-compliance
Lightning Source LLC
Chambersburg PA
CBHW060800180626

46818CB00002B/633